AF454480

VENTE DU MERCREDI 21 DÉCEMBRE 1904

HOTEL DROUOT, SALLE N° 7

à deux heures

OBJETS D'ART

ET

DE CURIOSITÉ

BIJOUX, OBJETS VARIÉS

PORCELAINES ET JADES DE LA CHINE

ANCIENNES TAPISSERIES

EXPOSITION PUBLIQUE

LE MARDI 20 DÉCEMBRE 1904

DE 1 HEURE 1/2 A 5 HEURES 1/2

COMMISSAIRE-PRISEUR	EXPERTS
Mᵉ PAUL CHEVALLIER	MM. MANNHEIM
10, rue Grange-Batelière	7, rue Saint-Georges

CONDITIONS DE LA VENTE

Elle sera faite au comptant.

Les acquéreurs payeront *dix pour cent* en sus des prix d'adjudication.

Paris. — Imp. de l'Art, E. Moreau et Cie, 41, rue de la Victoire.

DÉSIGNATION

BIJOUX, OBJETS VARIÉS

1 — Montre de dame, avec broche-nœud, or, saphirs et roses.

2 — Bracelet-gourmette, or gravé.

3 — Bague-marquise, or et roses.

4 — Broche-carrée, or et demi-perles.

5 — Bague or et œil-de-chat.

6 — Deux pendants d'oreilles, or et stras.

7 — Chaîne de dame, or, avec médaillon à pendilles.

8 — Chaîne de dame, or, jaseron et petites boules.

9 — Bracelet-tresse, métal.

10 — Porte-crayon, or, et tire-bouton or.

11 — Trois épingles de cravate, or.

12 — Deux boucles d'oreilles, rubis et brillants, montés or.

13 — Bracelet, or, saphir et diamants.

14 — Bague, or, émeraude et brillants.

15 — Bague, or, turquoise et brillants.

16 — Montre de dame, or et roses.

17 — Bourse, or.

18 — Gros bracelet-gourmette, or, avec médaillon.

19 — Autre, or et petites perles.

20 — Chaîne de montre, or et platine.

21 — Trois boutons de chemise, or, dont deux ornés de perles.

22 — Deux boutons de chemise, or ajouré.

23 — Cinq boutons de chemise, or ajouré.

24 — Paire de boucles d'oreilles, formées chacune d'une perle-poire, d'un gros et d'un petit brillant.

25 — Miniature : portrait de femme en corsage violet décolleté. Epoque Empire.

26 — Miniature : portrait de femme, la tête couverte d'un voile blanc Louis XVI.

27 — Miniature : portrait d'homme en redingote noire, portant le nom *I. Vernet.* Cadre en bois sculpté.

28 — Deux pièces en grisaille : homme et femme ; cadre en bois et cuivre, et trois pièces sous verre en couleur : Sainte Madeleine, scène familiale et scène galante.

29 — Deux pièces : gravure, Napoléon de profil, et miniature : portrait d'homme imitant un camée.

30 — Trois miniatures : portraits d'hommes.

31 — Miniature : portrait de femme en toilette noire, galonnée d'or. Signée : *Lambert*, 1802.

32 — Deux éventails Louis XV, à montures de bois laqué noir et rouge ; feuilles à personnages de style chinois.

33 — Éventail Louis XVI, à monture d'ivoire ; feuille à sujets relatifs à l'amour, avec légendes en vers.

34 — Éventail à monture d'ivoire argenté et doré ; feuille à sujet pastoral. Époque Louis XV.

35 — Fragment de noix de coco sculptée.

36 — Plaque en verre, dit églomisé : Mucius Scœvola. XVIIe siècle. Cadre en bois doré.

37 — Plaque en émail ; sujet allégorique. Encadrée.

38 — Crosse en bronze, à décor de rocailles du XVIIIe siècle.

39 — Carte géographique sur parchemin. XVIIe siècle.

40 — Bague en cuivre et chaton en verroterie.

41 — Médaillon contenant une peinture : tête de Vierge, en argent.

42 — Peinture sous verre à double face : sujets saints. Cadre en fer.

43 — Tabatière en racine, ornée d'une miniature : portrait d'homme du temps de Louis XV.

44 — Trois boîtes variées, bois peint et doré.

45 — Petite boîte ronde, ivoire, décorée de motifs en noir.

46 — Deux très petits vases en cuivre émaillé, à fleurs.

47 — Gobelet en cristal dans un écrin.

48 — Trois pièces d'échiquier, ébène. XVI⁰ siècle.

49 — Miniature ronde : portrait de femme, en costume blanc, avec ceinture bleue. Signée : *Le Doux, 1777.*

50 — Dessin rehaussé de couleur : sujet galant, attribué à *Klingstœdt.*

51 — Amorçoir Louis XIV, fer niellé d'argent : rinceaux et figures.

52 — Flacon dans un étui en galuchat.

53 — Nécessaire de voyage garni argent ; écrin en maroquin rouge.

54 — Petite écritoire, garnie de cuivre doré, avec cachet-cristal ; étui en galuchat. Fin du XVIII⁰ siècle.

55 — Groupe en terre cuite de deux amours se disputant des roses. XVIII⁰ siècle.

56 — Deux aiguières en émail cloisonné de la Chine, à fond bleu.

57 — Deux bouteilles en émail cloisonné de la Chine : fleurs sur fond bleu et rouge.

58 — Brûle-parfums, avec couvercle, en bronze et émail cloisonné de la Chine.

59 — Plat en émail cloisonné de la Chine.

60 — Quatre bols variés en émail cloisonné de la Chine.

61 — Deux soucoupes en émail cloisonné de la Chine.

62 — Boîte ronde en ancien émail cloisonné de la Chine.

63 — Deux petites potiches en émail cloisonné du Japon.

64 — Compotier et deux petites coupes en émail cloisonné du Japon.

65 — Cinq netzukés japonais, en ivoire.

PORCELAINES ET FAIENCES

66 — Deux tasses avec soucoupes : fleurs. Porcelaine.

67 — Encrier, décor de fleurs. Porcelaine.

68 — Deux cornets : fleurs. Porcelaine.

69 — Deux vases, figures sur fond jaune. Porcelaine de Darte.

70 — Tasse et soucoupe, forme coquille. Porcelaine

71 — Pot à eau et cuvette en porcelaine de Nyon.

72 — Service à thé en porcelaine de Nyon, à décor de guirlandes : théière, flacon à thé, écuelle avec plateau, sucrier avec plateau, bol avec plateau, trois plateaux, dix-
huit tasses avec soucoupes.

73 — Cache-pot : fleurs. Porcelaine de Vienne.

74 — Bol en ancienne porcelaine de Saxe,, décor de Chinois.

75 — Ecuelle avec couvercle, décor de fleurs. Saxe.

76 — Petit plateau : fleurs. Même porcelaine.

77 — Groupe en porcelaine : le Concert.

78 — Autre : enfants jouant aux soldats. Frankenthal.

79 — Groupe : la Tonte des brebis, en ancienne porcelaine de Frankenthal.

80 — Compotier en ancienne porcelaine de Chine, famille verte : branches fleuries.

81 — Cloche en ancienne porcelaine de Chine, famille rose : ustensiles.

82 — Cache-pot, même porcelaine : fleurs et lambrequins.

83 — Cache-pot, même porcelaine, décor bleu : branches fleuries.

84 — Hanap, même porcelaine, décor bleu et or : personnages et fleurs.

85 — Quatre compotiers en ancienne porcelaine de Chine, famille rose : bambous et chrysanthèmes.

86 — Assiette : fleurs et lambrequins. Ancienne porcelaine de Chine, famille rose.

87 — Assiette creuse, même porcelaine : fleurs.

88 — Plat et sept assiettes, même porcelaine; fleurs sur un rouleau déplié.

89 — Dix-neuf pièces de service en ancienne porcelaine de Chine, famille rose, décor de fleurs et animaux; plats, assiettes, bassins.

90 — Coupe en faïence, à décor de fleurs.

91 — Six pièces, tasse avec soucoupe, flacon à thé, petit bol et deux tasses. Ancienne porcelaine de Chine.

92 — Deux sucriers avec couvercles, porcelaine, décor de style japonais.

93 — Deux petites potiches, émail cloisonné sur porcelaine. Japon.

94 — Onze couteaux à manches d'ancienne porcelaine de Chantilly, à décor de style chinois.

95 — Deux bouteilles variées, décor de fleurs, en ancienne faïence de Delft.

96 — Deux tasses avec soucoupes : oiseaux et navires. Ancienne porcelaine de Venise.

97 — Flacon à thé avec bouchon. Ancienne porcelaine d'Allemagne.

98 — Moutardier, avec couvercle et présentoir, en ancienne porcelaine tendre de Tournai.

99 — Théière et sucrier avec couvercles, deux tasses et deux soucoupes. Même porcelaine.

245 100 — Six pots, à crème, avec couvercles de deux modèles en ancienne porcelaine tendre de Mennecy, décor de fleurs.

500 101 — Flacon à thé, avec bouchon, en ancienne porcelaine tendre de Sèvres : zones de médaillons à fond bleu-turquoise et guirlandes de fleurs.

102 — Tasse et soucoupe, Kutaïa.

103 — Tasse et soucoupe en porcelaine de Vienne : médaillon de fleurs sur fond jaune et motifs roses.

104 — Tasse et soucoupe en porcelaine de Vienne : fleurs.

251 105 — Boîte ovale, décorée de sujets galants en camaïeu vert dans des réserves, à encadrements de rocailles. Saxe. Monture argent.

200 106 — Statuette en ancienne porcelaine de Saxe : fillette et poussins.

107 — Tasse et soucoupe en ancienne porcelaine tendre de Sèvres : motifs rayonnants à fleurettes et zones de rinceaux.

108 — Tasse et soucoupe, ancienne porcelaine dure : bouquets de fleurs.

109 — Tasse et soucoupe, ancienne porcelaine dure de Sèvres : bandes verticales à fleurs et fond de dorure.

JADES

110 — Petite branche avec deux fruits, en jade. Chine.

500 111 — Coupe-tripode, en jade gris de la Chine; pied en bois, avec incrustations.

165 112 — Coupe libatoire, à poignée formée de branches fleuries ajourées, en jade gris de la Chine.

185 113 — Vase-balustre, avec couvercle en jade gris de la Chine, branches fleuries en léger relief. Pied en bois.

370 114 — Vase-balustre aplati en jade gris de la Chine, à décor de grosses feuilles en relief.

265 115 — Vasse-balustre en jade gris de la Chine, à décor de motifs irréguliers. Pied en bois.

1220 116 — Vase-balustre, avec couvercle et anses, en jade gris de la Chine, à décor de motifs irréguliers; support en bois ajouré et monture en or, argent et pierres de couleur.

210 117 — Coupe en jade gris uni de la Chine. Pied en bronze de style Louis XV.

100 118 — Coupe en jade gris uni de la Chine; cachet de Kienlong.

119 — Petit plat creux en jade gris-verdâtre uni de la Chine.

120 — Petit vase-balustre en jade gris gravé à fleurs. Chine.

121 — Petit groupe en jade gris de la Chine : deux Chinois dans une barque.

122 — Petit bloc de jade gris de la Chine : personnages et arbustes.

123 — Petit vase porté par un animal chimérique, avec couvercle. Jade gris de la Chine. Pied en bois.

124 — Bloc de jade gris : paysage. Chine.

TAPISSERIES

125 — Tapisserie rectangulaire, à sujet tiré de l'histoire d'Isaac ; au second plan, une scène de chasse. Bordure rouge à fruits et feuilles. Epoque Louis XII. — Haut., 3 m. 35 cent. ; larg., 2 m. 55 cent.

126 — Tapisserie flamande du xviie siècle : Hercule et Omphale ; fond de verdure ; bordure à fleurs et cartouches. — Haut., 2 m. 90 cent. ; larg., 2 m. 10 cent.

127 — Tapisserie rectangulaire du xviie siècle : Jupiter violentant une suivante de Diane. Bordure jaune à rubans, grappes de raisin, fleurs, médaillons et cartouches. — Haut., 3 m. 50 cent. ; larg., 2 m. 40 cent.

128 — Tapisserie rectangulaire flamande du xviie siècle, à sujet tiré de l'histoire d'Alexandre. Bordure à guirlandes de fruits et fleurs avec cartouches contenant des grisailles. — Haut., 3 m. 25 cent. ; larg., 3 m. 30 cent.

129 — Quatre tapisseries du xviiie siècle : paysages animés. Bordures marrons, à fleurs, rubans, roses, dais et feuillages. — Haut., 2 m. 45 cent. ; larg., 1 m. 80 cent. et 1 m. 65 cent.